世界经典童话小说书

U0676097

纳尼亚传奇

著者／克利夫·史戴普·刘易斯　编译／孙丽 等

吉林出版集团股份有限公司｜全国百佳图书出版单位

图书在版编目（CIP）数据

纳尼亚传奇／（英）克利夫·史戴普·刘易斯著；孙丽等编译.--

长春：吉林出版集团股份有限公司，2016.12

（世界经典童话小说书系）

ISBN 978-7-5581-2118-0

Ⅰ.①纳… Ⅱ.①克… ②孙… Ⅲ.①儿童故事–作

品集–英国–现代 Ⅳ.①I561.85

中国版本图书馆CIP数据核字（2017）第065094号

纳尼亚传奇

NANIYA CHUANQI

著　　者	克利夫·史戴普·刘易斯
编　　译	孙　丽　等
责任编辑	李　娇
封面设计	张　娜
开　　本	16
字　　数	50千字
印　　张	8
定　　价	18.00元
版　　次	2017年8月　第1版
印　　次	2019年4月　第3次印刷
印　　刷	三河市嵩川印刷有限公司
出　　版	吉林出版集团股份有限公司
发　　行	吉林出版集团股份有限公司
地　　址	长春市绿园区泰来街1825号
电　　话	总编办：0431-88029858
	发行部：0431-88029836
邮　　编	130011
书　　号	ISBN 978-7-5581-2118-0

前言

儿童自然单纯，本性无邪，爱默生说："儿童是永恒的弥赛亚，他降临到堕落的人间，就是为了引导人们返回天堂。"人们总是期待着保留这份童真，这份无邪本性。

每一个儿童都充满着求知的欲望，对于各种新奇的事物，都有着一种强烈的好奇心，这样在成长的过程中就不可避免地被好的或坏的事物所影响。教育的问题总是让每个父母伤透了脑筋，生怕孩子们早早地磨灭了童真，泯灭了感知美好事物的天性。童话很好地解决了这个问题，让儿童始终心存美好。

徜徉在童话的森林，沿着崎岖的小径一路向前，便会发现王子、公主、小裁缝、呆小子、灰姑娘就在我们身边，怪物、隐身帽、魔法鞋、沙精随时会让我们大吃一惊。展开想象的翅膀，心游万仞，永无岛上定然满是欢乐与自由，小家伙们随心所欲地演绎着自己的传奇。或有稚童捧着双颊，遥望星空，神游天外，幻想着未知的世界，编织着美丽的梦想。那双渴望的眸子，眨呀眨的，明亮异常，即使群星都暗淡了，它也仍会闪烁不停。

童心总是相通的，一篇童话，便会开启一扇心灵之窗，透过这扇窗，让稚童得以窥探森林深处的秘密。每一篇童话都会有意无意地激发稚童的想象力和感知力，让他们在那里深刻地体验潜藏其中的幸福感、喜悦感和安全感，并且让这种体验长久地驻留在孩子的内心，滋养孩子的心灵。愿这套《世界经典童话小说书系》对儿童健康成长能起到一点儿助益，这样也算是不违出版此书的初心了。

编者

2017 年 3 月 21 日

目录
MULU

魔法师的外甥

　　很久以前，在伦敦住着一个叫波莉的小女孩。她家的房子和邻居安德鲁家连成一排。

　　暑假里的一个清晨，波莉在自家的花园里看见了一个小男孩。

　　小男孩告诉波莉，他叫迪格雷，妈妈生了很重的病，因此不得不搬到安德鲁舅舅家暂住。

　　迪格雷发现安德鲁舅舅举止怪异，他的书房禁止任何人进入，似乎隐藏着什么秘密。

　　波莉和迪格雷开始了有趣的"室内探险"。

波莉带着迪格雷去看"山洞",里面藏着波莉的宝贝箱子。山洞连着一条望不到尽头的"隧道",那里有一间常在半夜发出声响的屋子。

"看,那是幢空房子。爸爸说,自从我们搬到这儿以来,它就一直是空的。"波莉说。

"我们该去侦察一番。"迪格雷兴奋地说。

　　他们钻进隧道，走着走着，看到右侧墙壁上有个小门。使劲儿推开门，他们惊奇地发现自己来到了一个陈设齐备的房间。

　　火炉前的高背椅突然转过来，可怕的安德鲁舅舅出现在他们面前。原来他们正站在安德鲁舅舅的书房里，而不是隔壁的空屋里。

　　安德鲁舅舅把门反锁，咧开嘴大笑起来。

　　"很高兴见到你们，我正需要两个孩子呢。你看，我的伟大实验只做了一半。"安德鲁说道。

　　房间里有一张大桌子，上面放着一个木托盘，里面放着几枚戒指。戒指都成对摆放，每对都是黄绿搭配。

　　"你不喜欢戒指吗，亲爱的？"安德鲁指着黄戒指问波莉。

　　"你是说那些黄的、绿的戒指吗？太可爱了！"波莉很高兴。

　　戒指发出嗡嗡的响声，而且声音越来越大，安德鲁舅舅的脸上现出贪婪的神情。

迪格雷忽然意识到这是一个阴谋，但已经晚了，波莉的手刚一触到一枚黄色的戒指，便瞬间消失了。

"波莉到底出了什么事?"迪格雷愤愤地问。

"祝贺我吧，亲爱的孩子，我的实验成功了。那个小女孩已经走了——我把她送到另一个地方去了。"安德鲁搓着手说。

原来，安德鲁的教母弥留之际，将一个小盒子交给他。这个古老的盒子装着来自魔法世界的泥土。他费了很大的力气才用泥土造出了黄色戒指，试图让触碰到它的人立刻进入魔法世界。

救回波莉的唯一办法就是有人戴上黄色戒指，再带上两枚绿色戒指找到她，然后每人戴上一枚绿色戒指。

迪格雷拿了两枚绿色戒指，立刻从安德鲁舅舅的书房消失了。

迪格雷发现自己趴在一个水潭边。不远处，波莉躺在一棵树下似睡非睡。此时，他们都觉得似曾相识。看到两个人都戴着的黄色戒指，他们终于认出了对方。

迪格雷想，所有水潭的下面肯定都有一片天地，而他们所在的树林肯定是各片天地的中央。他决定开始一次真正的探险，于是和波莉手拉手跳进了另一个水潭。

迪格雷和波莉的眼前越来越亮。突然，他们意识到自己已经站在地面上了。这里是一个围着高墙的院落，墙上有许多没有玻璃的大窗子，里面一片漆黑。窗子下方有一些巨大的拱门。

"你认为这儿有人住吗？"迪格雷开口问道。

"没有。这是一个废墟。自从我们来了以后，还没有听到一点儿声音呢。"波莉说。

两个孩子紧张地手拉着手，不停地转身，害怕有人或什么东西从背后窥视或偷袭。他们从一个巨大的拱门向里张望，看见一个幽暗的大厅。

走进空荡荡的大厅，穿过柱子之间的拱门，他们来到另一个更大的院子。这里像是荒芜了上千年。他们穿过一个接一个的大房间、一个接一个的院子，仿佛永远也走不到尽头。

突然，他们的面前出现了两扇巨大的门，金光闪闪，其中一扇半开着。他们往里一看，不由得深吸了一口气。

呈现在波莉和迪格雷眼前的，是几百尊栩栩如生的塑

像。这些塑像都比现实中的人类要高。塑像表情各异，仿佛经历了很可怕的事情。

"我敢打赌，这间房子中了魔法。一进来我就感觉到了。"迪格雷说。

屋子正中立着一根方形柱，上面有一个拱门，门上挂着一个小钟，柱子上刻着一些奇怪的文字。

迪格雷敲响了钟。突然大地一阵晃动，房间另一边一大片屋顶塌了下来。钟声停止，灰尘消散，一切又恢复宁静。

随着钟声停止，一件令人震惊的事情发生了。从原本不动的塑像群中走出一个衣着华丽的高个子女人。不难看出，她应该是一位女王。

"是谁唤醒了我，是谁破了魔咒？"她问道。

"我想，应该是我。"迪格雷回答道。

"你？你只是个孩子，一个普通孩子。任何人只要看一眼，就知道你的血管里连一滴皇家或贵族的血也没有。像你这样的人怎么敢走进这间屋子？"女王说着，把手搭在迪格雷肩上。

"是魔法带我们来到这里的。"波莉接着说。

"是因为我的舅舅安德鲁。"迪格雷说。

这时,他们身旁传来轰隆轰隆声和砖石坍塌的噼里啪啦声。地板开始晃动,整个宫殿眼看就要倒塌。女王向两个孩子伸出手,带领两个孩子逃离了倒塌的宫殿。

多年以前,女王由于贪婪和野心,逼迫姐姐让出王位,于是发动叛乱。这场战争持续了很久,女王带领的叛军被全歼。无奈之下,阴险恶毒的女王使用了被王族列为禁忌的魔咒。魔咒让所有的生灵都变成了塑像。之后,女王又对自己施法,变成一尊塑像,沉睡了一千年。

现在,女王苏醒了,要求迪格雷和波莉带她去人类世界,想用魔法统治整个人类。

迪格雷和波莉不肯带女王回去,他们看准机会戴上魔法戒指,从女王面前消失了。

迪格雷和波莉返回了树林,没想到女王也跟了过来。原来，女王抓住了波莉的头发，被带到了这里。

"把我带上。你们不要把我留在这个可怕的地方，我会死的。"女王有气无力地喊着，蹒跚地跟在后面。

"快点，迪格雷。她杀掉了那么多人，我们不能带着她。"波莉大声说道。

两个孩子不顾一切地跳进水潭。但迪格雷感到女王冰冷的手指抓住了他的耳朵。女王的力量正在恢复，迪格雷又踢又打，但毫无用处。

一会儿，他们回到了安德鲁舅舅的书房。

女王其实是一个魔力强大的白女巫，叫简蒂丝。现在，她被两个孩子带到了伦敦，活生生地站在了安德鲁舅舅面前。

"是谁把我召到这儿来的?"女王问道。

"夫人，是我。我感到极大的荣幸。"安德鲁舅舅回答道。

安德鲁舅舅惧怕女王的魔法，甘心做她的奴仆。他甚至不知羞耻地向蕾蒂姨妈借钱，打算为女王租一辆漂亮的马

车，弄一套漂亮的衣服。

迪格雷为自己的错误向波莉道歉，并和波莉制订了一个计划，准备合力解决眼前的这个麻烦。

就在安德鲁舅舅为女王预订马车时，蕾蒂姨妈见到了这个闯入自己家的不速之客。

"你是谁？立即离开这里。"蕾蒂姨妈说。

女王勃然大怒，想要施展魔法，将蕾蒂姨妈毁灭。

但她的魔力在人类世界居然失效了，可她还是将蕾蒂姨妈狠狠地摔到了垫子上。

蕾蒂姨妈受了点儿轻伤，在女王离开后便让仆人去警察局报案。

迪格雷决定等待舅舅和女王一起回来，然后找机会用魔法戒指把她送回原来的地方。

他们终于回来了，一同回来的还有大批警察。女王像疯了一样骑在一匹马上，引来很多人围观。女王凭借蛮力四处撒野，有几个警察还因此受了伤。

"快，迪格雷，一定得制止她。"波莉说。

趁女王一不留神，迪格雷一把抓住女王的脚踝，然后自己戴上黄色戒指。疯狂的女王立刻被带离了伦敦。一起被带走的还有波莉、马车夫、安德鲁舅舅，以及那匹叫"草莓"的马。

迪格雷原想把女王送回她的城堡，可是没想到却把一群人都带到了另一个世界。

这个世界到处都充满了活力和生机。空中回荡着悦耳的声音，大家都对这如同音乐般的声音大加赞赏。但女王和安德鲁舅舅却似乎很惧怕这种声音。

太阳升起来了，迪格雷发现声音是一头巨狮发出的。巨狮正蹲在三百米外的河口，朝着太阳的方向唱歌。

女王清楚地意识到，这个世界存在着一种魔力，与她的魔力完全不同，比她的魔力要强大得多。她想把这个世界乃至所有的世界都撕成碎片，只要能阻止那刺耳的声音。

"哦，原来是戒指，是吗？"女王大叫着将手伸向了迪格雷的口袋。

"小心点！假如你们敢向这边走近半步，我们两个就会消失，把你们永远留在这里。"迪格雷拉着波莉，大声说道。

巨狮也发现了他们，一步一步向他们走来。随着巨狮的靠近，周围不断生长出各种植物。马儿草莓正大口大口地撕咬着新鲜的草。

"好哇，你想带着这个男孩偷偷跑回你们的世界，而把我留在这儿。"女王对安德鲁说。

"毫无疑问，我就想这么干。这完全是我的权力。"安德鲁说。

他靠近迪格雷和波莉，想把戒指抢过来，离开这个让他感到非常不舒服的地方。可惜他的伎俩最终没能得逞。

此时，狮子唱着歌越走越近了。

女王越看狮子越生气，居然拿起铁棒袭击狮子，想把他赶走。可是狮子一点儿都不害怕，棒子打到他脑袋上也毫无反应。狮子一步步向女王靠近，继续唱着歌。女王吓坏了，撒腿就跑。

其他人也害怕狮子，但发现狮子并无恶意。而且他们还发现，这里的土地好像被施了魔法，任何东西接触到地面，都会长出新的生命来。比如说，刚才女王用过的铁棍掉落到地上以后，居然长成了一柱灯杆。

安德鲁舅舅欣喜若狂，以为自己找到了比美洲新大陆更宝贵的土地。

这是一片神奇的土地，所有动物都像鼹鼠一样，从地里破土而出，成双成对。狗一露出脑袋就汪汪叫。青蛙呱呱叫着蹦到河里去。鸟儿在林中发出阵阵啼叫。蜜蜂一秒钟也不愿耽误，一出来就在花朵上忙个不停。

巨狮挑选出一些动物代表，让他们聚拢到自己周围。

"纳尼亚，纳尼亚，醒来吧。去爱，去想，去说话。让树走动，让野兽说话，还有神圣的水。"巨狮用低沉、粗犷的声音说道。

神奇的纳尼亚终于苏醒了。

让孩子们更加惊奇的是，这些被挑选出来的动物都会说话。通过交流，大家知道巨狮的名字叫"阿斯兰"，一个很好听的名字。

"动物们，我把纳尼亚这片土地永久地给了你们。要善待它，珍惜它。别怕，笑吧，动物们，既然你们不再是哑巴，不再愚钝，就不该总是沉默不语。因为有了语言，就会有公道，也就会有玩笑。"阿斯兰说。

于是，动物们无拘无束地笑起来。

　　看到眼前的一切，迪格雷和波莉开始时还有些害怕，但马上就鼓足勇气，试图和阿斯兰搭讪。尤其是迪格雷，他希望能从阿斯兰那里得到治愈妈妈疾病的灵丹妙药。

　　阿斯兰离开后，迪格雷和波莉，还有马车夫壮着胆子向动物们走去，而安德鲁舅舅则躲得远远的。

　　"这些是什么？"雄河狸问道。

　　"我认为他们是一种食物。"一只兔子说道。

"不，我们是人类。"波莉急切地说。

马车夫一直在和马儿草莓攀交情。费了好大劲儿，草莓才认出自己以前的主人。在马车夫的一再请求下，草莓终于同意驮着迪格雷和波莉，去找已经远去的阿斯兰。

安德鲁舅舅可就倒霉多了，虽然躲得远远的，但还是被动物们发现了。动物们像看怪物一样，把他团团围住。

麋鹿和大象的脸在他跟前晃来晃去。熊和野猪在咆哮。黑豹和花豹摇着尾巴盯着他。最令他心惊肉跳的是动物们张大了的嘴。

"该死，一定要拿到迪格雷和波莉的戒指，赶紧回家。"安德鲁暗下决心。

安德鲁舅舅极力向动物们解释，请他们不要伤害自己，可动物们并不知道他在说什么。

原来，只有格雷迪和波莉，还有马车夫这种善良人的语言，才能被纳尼亚的动物们理解。

安德鲁很快就由于惊吓过度而晕了过去。动物们像对待

怪物一样开始研究他。大多数动物认为安德鲁舅舅是一棵树，他身上的衣服是树的枝叶。有些动物甚至打算挖个坑把他种上。只有狗坚持认为安德鲁舅舅是一个人，因为他相信自己的鼻子。

动物们争执不休，最后，由大象用鼻子从河里取来冰冷的水，把安德鲁舅舅浇了个透心凉。

迪格雷和波莉终于追上了阿斯兰。

迪格雷毫无隐瞒地讲述了事情的前后经过，没想到阿斯兰并没有责怪他把女王带到了纳尼亚，而是把动物们又召集起来，为大家鼓劲。

阿斯兰将马车夫的妻子也请到纳尼亚，并且出人意料地任命夫妻俩为纳尼亚的第一任国王和王后。

开始时，马车夫和他的妻子还有些不相信，在得到确认后，他们高兴坏了，承诺一定要公正地对待这片土地上的所有动物。

迪格雷向阿斯兰讨要药物，但阿斯兰却要他先去取回一个苹果。

这段旅途非常遥远，果园在纳尼亚的国境之外。迪格雷勇敢地接受了任务。波莉也自告奋勇，要和迪格雷一起去。

为了方便迪格雷跨越山川，阿斯兰把草莓变成了一匹飞马。阿斯兰还给草莓取了一个新的名字——弗兰奇。

弗兰奇驮着迪格雷和波莉在空中飞行。两个孩子甭提多高兴了，他们从没尝试过飞行。现在，他们骑在弗兰奇的背上，看着脚下的山川土地变得越来越小。

整个纳尼亚在他们脚下展开。草地、岩石和千姿百态的树木将大地装扮得五彩缤纷。蜿蜒的小河像一条水银带子缓缓流淌。右边是一片沼泽，左边是高山峻岭……

飞行了一天，他们终于离开了纳尼亚国境。旅途劳顿，他们准备在一个温暖的山谷里过夜。

休息的地方找到了，可是没有食物，这可是一件很麻烦的事。

好在波莉的口袋里还有一些糖果，两个孩子只好用糖果作为晚餐。

波莉留了一个心眼，没有把糖果全部吃光，而是在土里种下一颗。第二天果然长出了一棵糖果树，真是奇妙极了。

午夜时分，他们突然发现有一个影子在四周出没，十分吓人。

好在一夜平安无事，虚惊了一场。

出发前，波莉和迪格雷在河里洗了澡。然后，他们开始采集新长出的糖果树上的果实。果实跟糖果不完全一样，但很好吃，更软一些，而且多汁。这是一种吃下便联想到糖果的水果。

弗兰奇也美美地吃了一顿早餐，还试着品尝了糖果果实。他们又开始了新的旅程。

经过一天的飞行，空中飘来一股浓郁的芳香。

"快看啊，湖那边有座青山。看，湖水多么蓝啊！"迪格雷高兴地喊着。

原来，他们找到了传说中的蓝色湖泊。

他们爬上山顶，看见一个金色的拱门，旁边贴着告示：

从金色大门走入，或者留在外面。

为他人摘取果实，或者克制欲望。

那些偷窃和跳墙的人，会如愿以偿，也会丧气绝望。

看来，只能由迪格雷一个人进去，而波莉和弗兰奇要留在门外等候。

迪格雷很快便找到了苹果树，从树上摘下一个果实。

出乎意料的是，女巫也在果园里。迪格雷从女巫那儿得知这种果实叫"生命之果"，吃了以后可以治愈百病，并且能够长生不老。

迪格雷想到患病的妈妈，有些动摇了。但他很快就打定了主意，既然已经答应阿斯兰把果实带回去，那就一定要做到。

打定主意后，迪格雷和波莉立刻跳上马背，飞走了。

在回去的路上，迪格雷一言不发，波莉和弗兰奇也不好问他。他还在犹豫，但一想起阿斯兰，便坚定了信念。

一整天，弗兰奇都不知疲倦地扇动着翅膀，稳稳地飞行着。越过群山，飞过瀑布，一直飞到纳尼亚林区。

他们看见河边聚集了许多动物，阿斯兰也在其中。弗兰奇稳稳地降落在地上。

"阁下，我把你要的苹果摘回来了。"迪格雷将苹果交给了阿斯兰。

"干得好，亚当之子。"阿斯兰在纳尼亚公民面前称赞迪格雷。

阿斯兰让迪格雷把苹果种到河边的泥土里，这样就可以长出一棵参天大树，保护纳尼亚再不受邪恶女巫的侵犯。

大家为马车夫和他的妻子举行了加冕典礼。新国王和王后穿着盛装，款款登上王位。他们不仅外表发生了变化，表情也和以前截然不同。尤其是国王，他在伦敦当马车夫时养成的尖刻、狡诈和好争吵的秉性全然不见了，随之显现的是勇敢和善良。

此时的安德鲁舅舅却狼狈极了，迪格雷和波莉走后，动物们就把他关进了用树枝做成的笼子里，等待阿斯兰的发落。

其实动物们并无恶意，纷纷找来自己喜爱的食物送给安德鲁舅舅。最可笑的是那只熊，竟端来了一个野蜂的蜂巢。熊把那团黏糊糊的东西放到笼子上，却忘记了虽然自己不怕野蜂叮咬，但安德鲁舅舅可不行。成团的野蜂终于找到了复

仇的对象，冲安德鲁舅舅猛扑过去。

整整一天，阿斯兰都在忙着指导新国王和王后，没有时间去过问被关起来的安德鲁舅舅。

动物们给安德鲁舅舅带来苹果、梨子、坚果和香蕉。虽然晚餐相当丰盛，可他却无心品尝。

阿斯兰并没打算惩罚这个糟老头。

"睡吧，睡吧！将你自寻的烦恼丢开几个小时吧。"阿斯兰高声念道。

安德鲁舅舅立即合上了眼睛。

"好吧，小矮人，施展一下你们的铁匠手艺，给国王和王后做两个王冠。"阿斯兰说。

小矮人用金币打造出两顶王冠，一顶送给国王，一顶送给王后。

擅于挖洞的鼹鼠们弄来了很多珍贵的宝石，小矮人把它们镶嵌在了王冠上。

加冕典礼如期举行，所有动物都非常高兴。可迪格雷却心事重重，他还在挂念着妈妈的病。

最终，经阿斯兰允许，迪格雷从新长出的果树上摘下一个苹果，准备带给妈妈。

"阿斯兰阁下，我忘了告诉你，女巫已经吃了一个苹果，跟这树上结的一模一样。"迪格雷红着脸说。

阿斯兰很赞赏迪格雷的诚实和勇气。

在阿斯兰的帮助下，迪格雷和波莉如今能自由地往返于纳尼亚王国和人类世界之间。

阿斯兰在树林里对他们发出警告：也许某个坏人会发现女巫那样的魔咒，并用它毁灭所有的生灵。要尽快把安德鲁舅舅的戒指全部埋到地里去。

之后，阿斯兰消失了。迪格雷和波莉感觉到了一种力量，一种甜蜜，同时也意识到，他们从未有过真正的幸福、智慧和美好。

他们和安德鲁舅舅终于回到了喧嚣、炎热的伦敦。

伦敦一切如旧。迪格雷让波莉去寻找其他戒指，而自己

则去看望妈妈。

迪格雷来到妈妈的房间，把苹果一片一片地喂给妈妈吃。刚一吃完，妈妈就微笑着安然入睡，迪格雷知道是苹果起了作用。

他俯下身，轻柔地吻了吻妈妈，然后拿着苹果核，悄悄走出房间，把它埋在花园里。

波莉找到了所有的戒指。他们来到迪格雷埋苹果核的地方，就像在纳尼亚神奇的土地上一样，那里长出了大树。他们拿起铲子，围着大树把魔法戒指埋起来。

一周后，妈妈的病情明显好转。两周后，她便能坐在花园里了，连医生都说这简直是个奇迹。迪格雷当然不会告诉医生这个秘密。

在之后的很多年里，纳尼亚的动物们过着幸福快乐的生活，女巫再没敢来骚扰这片乐土。

迪格雷成了著名学者、教授和旅行家。

院子里的那棵苹果树，在人类世界中虽然魔力大不如从前，但还保留了一些。它的木料被做成了一个大衣橱，成为另一个故事的开端。

安德鲁舅舅没再做任何魔法试验。到了晚年，他不再自私，而是变得和蔼可亲。他总是喜欢在书房里会客，给他们讲女王的故事。

"她的脾气很坏，但却是一个漂亮的贵妇人……"他饶有兴趣地讲述着。

魔衣橱奇遇记

战争时期，为了躲避战火，彼得、苏珊、爱德蒙和露茜四兄妹，被送到了乡下一位老教授家。

老教授住在一幢很大的房子里，他白发苍苍，面容慈祥。

吃过晚饭，走过狭长空荡的走廊，孩子们来到教授为他们准备的房间。这幢房子比他们见过的所有房子都要大，年纪最小的露茜有点儿害怕。

第二天清晨，下起了大雨，孩子们闷在家里，心里有些失望。

"我们在这儿探险吧!"彼得提议道。小伙伴们都很感兴趣。

在这幢房子里,有很多空房间,仿佛藏着意想不到的秘密。一场奇遇就这样开始了……

他们进入第一个房间,墙上挂满了画。进入第二个房间,里面全是绿色装饰物,角落里放着一把竖琴。又走进另一个房间,里面只有一个巨大的衣橱。

"这有什么意思?"彼得说。大家都走了出去,只有露茜留在后面,她想打开大衣橱看看。

衣橱门很容易就打开了,里面挂着几件外套,摸上去软绵绵的,还有樟脑丸的气味。露茜挤到衣服中间,把小脸蛋贴在毛茸茸的大衣上。

她向前跨了一步,接着两步,三步,想用指尖摸到橱壁,但始终没能摸到。

"这个衣橱好大啊!"露茜想,又继续往里走。

这时,她看见远处亮着一盏灯。又走了一会儿,发现自己站在了树林中。

突然，树林中走出来一个奇怪的人，上半身像人，下半身却长着山羊的腿，额头两侧还长着角。他就是古罗马农牧之神图姆纳斯先生。

"哦，夏娃的女儿，欢迎来到纳尼亚王国！这里四季都是冬天。站在雪地里会着凉的，你愿意来我家喝杯热茶吗?"图姆纳斯说。

露茜觉得他的长相有点怪，但却讨人喜欢，便欣然接受了邀请。

"你真好，但我只能坐一会儿。"露茜说。

就这样，他俩手挽手穿过树林，就像是认识了很久的朋友一样。

"请吧！"图姆纳斯先生拿出丰盛的茶点，与露茜谈起曾经树林中的精彩生活。可现在纳尼亚整年都是冬天，没有圣诞节，他说着说着开始忧伤起来。

恍惚中，露茜觉得该回去了。

"别走！呜呜……其实，我是一个坏农牧之神。"图姆纳斯突然号啕大哭起来。

"不要哭，你怎么了？"露茜问。

"我正在替白女巫拐骗小孩儿。"图姆纳斯说。

"白女巫是谁？"露茜很惊讶。

"就是她控制了纳尼亚，把这里全年都变成了冬天。如果违抗她的命令，她就会把我变成石头！"图姆纳斯回答道。

"你要把我交给白女巫吗？请让我回家吧！"露茜十分害怕。

图姆纳斯先生不忍心抓走露茜，就把她带回灯那里。转眼间，她就回到了原来的空屋。

露茜有些透不过气来，好像做梦一样。她急忙找到伙伴们，把刚才的经历告诉了他们。

"露茜，你在编一个有趣的故事吗？"彼得说。

"不！这是个神秘的衣橱，里面有森林，还有农牧之神和白女巫，那个国家叫纳尼亚！"露茜辩解着。

其他孩子看着衣橱，没发现有什么神奇之处，都不相信露茜的话。

几天过去了，又是一个阴雨天，孩子们决定玩捉迷藏的游戏。

爱德蒙看见露茜走进衣橱，便追了上去，还以为会在衣橱里抓到她，却怎么也摸不到。

"露茜，你躲在哪儿啊？我知道你在这儿。"爱德蒙感觉自己的声音像是在旷野里发出的。他看见前面有亮光，

就朝着亮光处走去。

爱德蒙发现自己走进了森林，地上都是积雪，周围的一切和露茜说的情况一模一样，他想露茜一定就在附近。

"露茜！我是爱德蒙，我也来了！"他高声喊着，却没人回答。

正当他要回去时，两只驯鹿拉着一辆雪橇疾驰而来。

雪橇停下来，上面坐着一个女人，身穿白色长袍，手握金棍，头上戴着一顶金冠。

"喂，你是干什么的？你不认识我吗?！我是纳尼亚的女王！"她尖声喊道。女人紧盯着爱德蒙，这让他很不安。

"陛下，我叫爱德蒙，是个学生，这几天学校放假。"爱德蒙胆怯地说。

"可怜的孩子，瞧你冻的，快到雪橇上来吧！"女王脸色一变，说话的语调突然温柔了。

爱德蒙不敢违抗，只好跨上雪橇，坐在她的身上。

"亚当的儿子，你最喜欢吃什么呀？"女王问。

"土耳其软糖，陛下。"爱德蒙回答说。

女王不知用了什么魔法，真的变出来一盒软糖，爱德蒙从来没有吃过如此好吃的东西。

在爱德蒙狼吞虎咽吃软糖时，女王问了很多问题。爱德蒙把一切都告诉了她，说自己有一个哥哥，一个姐姐和一个妹妹。妹妹也曾到过纳尼亚，还遇见了农牧之神。

不知不觉中，爱德蒙吃光了一整盒软糖。他太天真了，根本不知道自己吃下的是施了妖术的迷魂糖。

"我多么希望能看到你的哥哥和姐妹啊！下次一定要把他们一起带来，我家还有很多软糖。"女王说。

爱德蒙盯着眼前的空糖盒，连连点头。

"那么，我们现在就去你家好吗?"爱德蒙试探着问道。

"假如我现在就把你带回家，就见不到你的兄弟姐妹了，我很想认识他们。我没有孩子，想让你成为这个国家的王子，以后还要当国王。我将封你的兄弟姐妹为公爵。所以，你现在必须回到自己的国家，过几天和他们一起来我这儿。"女王对爱德蒙说。

"看见那盏灯了吗？走到那盏灯那儿，你就能回家了。"
女王用手中的金棍指了指说。

那盏灯，就是通往衣橱回到现实的地方。

"穿过这片森林，就可以到我家了。你妹妹也许听农牧
之神说过我的坏话，不敢见我，但你得带着他们一起来。记
住，这是我们之间的秘密。"女王又指向与那盏灯相反的方
向说。

"我将尽最大努力。"爱德蒙回答道。

女王满意地大笑着挥手离去。

正当爱德蒙凝视着远去的雪橇时，忽然听见有人喊他，
露茜正从树林的另一边向他走来。

"噢，爱德蒙，你也进来了！好玩吗？"她惊喜地喊了起
来。

"是啊，原来你说的都是真的，这真是个神秘的衣橱。
可是你刚才在哪儿？我还到处找你呢！"爱德蒙说。

露茜高兴极了，丝毫没注意到爱德蒙说话时的脸色有多么奇怪。

"我和农牧之神一起吃了饭。他平安无事，上次把我放走，白女巫没有发觉，大概没什么麻烦了。"露茜兴奋地说。

"白女巫是谁？"爱德蒙问。

"她是个可怕的女巫，自称是纳尼亚女王，能把人变成石头。她施了一种妖术，使纳尼亚一年到头都是冬天，而且没有圣诞节。她手持魔杖，头戴王冠，坐在雪橇上到处跑。"露茜回答说。

爱德蒙知道了白女巫是谁，但却不以为然。他们在树林里走了好远，不知不觉回到了放衣橱的空屋里。

"彼得！苏珊！爱德蒙也看见了，从衣橱里进去，有一个王国。爱德蒙和我都进去过了！"露茜大声地说。

"她在胡说八道！"想起了白女巫对他的承诺，爱德蒙竟然不承认去过纳尼亚王国。

露茜觉得非常委屈，不明白爱德蒙为什么要说谎。看见露茜哭着跑开，彼得和苏珊一时也不知道该相信谁才好。

为了知道真相，孩子们决定一起进入这个神奇的衣橱，探个究竟。

"看，那边有亮光！"苏珊突然尖叫一声。

"瞧那儿，到处都是树，还有雪。我现在相信我们也到了露茜来过的王国了。"彼得说。

孩子们站在那儿，眨巴着眼睛。在他们身后是挂在衣钩上的外套，面前是覆盖着白雪的森林。

"那么，我们下一步该怎么办呢？"苏珊问。

"当然是到森林里去探险啦！"彼得坚定地回答，然后领着大家向森林深处走去。

"我们去看看图姆纳斯先生吧，就是那个善良的农牧之神！"露茜提议说，大家一致同意。他们一路轻快地跑着，爱德蒙也装作没有来过的样子。

没多久，他们就到了图姆纳斯先生家的门口，但看到的却是一个十分可怕的景象。

门掉了下来，屋内又黑又冷，满是霉味。看来这个地方已经很久没人住了。雪堆积在门口，图姆纳斯的画像被人用刀子砍成了碎片。

"这是什么呀？"彼得蹲下身，看着地毯上钉着的一张纸。

"本处原主人农牧之神图姆纳斯，因反叛纳尼亚女王，庇护女王陛下的敌人，与人类友好，现已被捕，即将受审。女王陛下万岁！"

"露茜，这个女王是谁，你知道她的情况吗？"彼得问。

"哪是什么女王啊，她是个可怕的女巫，森林里的人都恨她。她施了一种妖术，使这里一年到头都是冬天，还没有圣诞节。"露茜回答说。

"这里似乎并不安全，天气越来越冷，我们又没带吃的，还是赶快回家吧。"苏珊不禁打了个寒战。

"不能就这样回家，农牧之神是为了掩护我才遭到毒手

的，要想办法救他！"露茜马上说。

"要是我们知道这个可怜的人被关在什么地方就好了。"彼得说。

大家默不作声，考虑着下一步该怎么办。

"快看！那儿有一只知更鸟，它好像有什么话要对我们说。"露茜突然说道。

"请问，你知道图姆纳斯先生被关在什么地方吗？"露茜说着，朝知更鸟走近了一步。

知更鸟立即飞走了，落在相邻的一棵树上，紧紧地盯着他们，好像完全懂得他们说的话。

孩子们一起向它靠近了一两步。知更鸟又飞到了另一棵树上，仍然紧盯着他们，像是在为孩子们带路。

就这样一直走了半个小时。

"知更鸟的情况，我们一点儿也不清楚，怎么知道它站在哪一边呢？会不会把我们带到危险的地方去啊？"爱德蒙对彼得说。

彼得还没来得及回应，就听见两个女孩儿突然"啊"的一声，停住了脚步。

"知更鸟，知更鸟飞走啦！"露茜喊道。

"我是怎么说的，你们还不信，我说的没错吧！"爱德蒙看了彼得一眼说。

"嘘，你们看，树林中有什么东西在动？"苏珊说。

"那是什么东西啊？"露茜问道，竭力装出不害怕的样子。

一张毛茸茸的脸从树后探了出来。

"我知道他是什么，是海狸！"彼得说。

海狸向他们诚恳地点头示意。

孩子们一起朝着那棵树走过去。

"你们是亚当的儿子和夏娃的女儿吗？"海狸问。

"是的。"彼得回答道。

"我们怎么知道你是朋友还是敌人呢？"爱德蒙问道。

"我这里有一样东西。"说着，海狸拿出一块白色的手帕。

"哦，这是我的手帕，是我送给图姆纳斯先生的。"露茜看了看说。

"没错，我可怜的伙伴，他在被捕前听到了风声，就把手帕交给了我，说如果他有什么意外，我就必须在这个地方与你们会面，并领你们到……"说到这儿，海狸神秘地向孩子们点了点头，示意他们尽量靠近些，低声说："据说阿斯兰正在行动，也许已经登陆了。"

孩子们根本不知道阿斯兰是谁。但是，一听到阿斯兰的名字，每个孩子都感到心里有什么东西在跃动。

彼得突然觉得无所畏惧了，苏珊感到一种芬芳的气息在她身旁荡漾，露茜感到非常兴奋和喜悦，可爱德蒙却感到了一种莫名的恐惧。

现在，除了爱德蒙，谁也不再怀疑海狸了。海狸决定带着四个孩子去他家吃饭，大家早就饿坏了。

"马上就要到家啦，我的太太正等着咱们呢！"海狸说。

蔚蓝的天空中阳光照耀，三个孩子欣赏着沿路风景，只有爱德蒙在惦记土耳其软糖。想到白女巫承诺让他当上国王，一个可怕的念头在他的脑海中产生了。

"我们回来啦，太太！"海狸先生边说边把孩子们请进屋。

　　露茜走进屋子，立刻听到咔嚓咔嚓的声音——面容慈祥的海狸太太，嘴里咬着一根线，正忙着踏缝纫机。

　　孩子们一进屋，她便停下手中的活儿，起身迎接。

　　"你们终于来了，马上就开饭！"海狸太太说。

　　煎鱼的味道真是太美了，肚子饿得咕咕叫的孩子们，多么希望能早点儿吃到嘴啊！

　　苏珊把土豆滤干后，放到锅里去烤。露茜帮海狸太太把鳟鱼盛进盘中。不一会儿，大家就摆好了凳子，准备吃饭了。

　　吃完饭，海狸太太又拿出香喷喷的果酱卷儿和热气腾腾的茶。

　　"现在，请你告诉我们，图姆纳斯先生到底出了什么事？"露茜说。

　　"啊，真糟糕！毫无疑问，他是被白女巫的手下带走的。我是从一只鸟儿那儿听说的，它亲眼看见图姆纳斯被带走了。"海狸先生摇着头说。

"他们要拿他怎么样？"露茜问。

"唉！这就难说了，凡是被抓去的最后全变成了石头雕像。据说，白女巫的宫殿堆满了这种石头雕像……不过，阿斯兰就要回来了！"海狸先生说。

"哦，对了，给我们讲讲阿斯兰的情况吧！"几个孩子异口同声地说。

"阿斯兰？他是森林之王，但不经常在这儿。我都没见过他。但现在有确切消息说，他已经回到了纳尼亚，要将白女巫彻底消灭。只有他能够救图姆纳斯。"海狸先生说。

"白女巫不会把他也变成石头吧？"爱德蒙有些轻蔑地说。

"我能肯定她不敢这样做。"海狸先生哈哈大笑。

"我们要去见他吗？"苏珊问道。

"当然，就是为了这个才把你们带来，我会带你们去见他的。"海狸先生说。

"他……他是人吗？"露茜问。

"人？当然不是！阿斯兰是一头狮子，一头雄狮，是森林之王！"海狸先生严肃地说。

"狮子？我们看见他不会害怕吧！"露茜很担心。

"亲爱的，你们一定会害怕的。如果有人在阿斯兰面前两腿不发抖，那他不是勇士就是傻瓜。他虽然令人生畏，但很善良，懂了吗？"海狸先生说。

"即使会害怕，我也要去见他。"彼得好像很着急。

"说得对！你们应该去见他，我已经得到了口信儿，约你们明天去见他，就在石台那儿。"海狸先生拍了一下桌子说。

"石台在哪儿？"露茜问。

"我会给你们带路的。帮助图姆纳斯先生唯一的办法，就是去找阿斯兰。但你们必须提高警惕，白女巫害怕纳尼亚王国出现人类，假如她知道你们在这儿，一定会变得更加狠毒的。"海狸先生说。

孩子们有些疑惑，为什么白女巫要提防人类呢？

海狸先生开始给他们讲一个古老的预言："很久很久以前，在纳尼亚王国，有四个国王的宝座。亚当的两个儿子和夏娃的两个女儿一旦坐上这四个宝座，白女巫的统治连同她的生命就会终结。所以，假如她知道了你们的存在，一定会害死你们的。"

孩子们一直在聚精会神地听海狸先生讲话。

"咦，爱德蒙到哪儿去啦？"露茜突然说道，大家马上冲到门口去看。

"爱德蒙！爱德蒙！"他们拼命地喊，嗓子都快喊哑了。

"不必找了，他去找白女巫了，他背叛了我们。"海狸先生叹了口气说。

原来，爱德蒙在吃饭的时候就一直想着土耳其软糖和当国王的荣耀，阿斯兰的名字让他感到十分恐怖，于是趁大家不注意时，悄悄地溜走了。

"不会的，他不会这么做的。"苏姗十分肯定地说。

"听我说，他见过白女巫，并且已经站在她那一边了。

他脸上的表情很特别，只有吃过白女巫东西的人，才会有这种表情。"海狸先生说。

"不管怎样，我们还得去找他，他毕竟是我们的兄弟，还是个小孩子。"彼得哽咽了。

"白女巫一心想把你们一网打尽，企图得到纳尼亚的四个王位。她是把爱德蒙作为诱饵，让你们三个上钩。眼下最好的办法就是去找阿斯兰，打败白女巫！"海狸先生说。

寂静和孤独让爱德蒙感到很害怕，一个人在寒冷的雪地上艰难地走着。

不知道走了多久，终于来到了白女巫的宫殿前。他蹑手蹑脚地走进院子，里面立着一尊尊石像，很多动物和精灵都被白女巫用妖术变成了石头。

他来到一个大厅，里面同样摆满了石像。离门最近的是一只小羊怪，神情悲伤，爱德蒙不禁想，这会不会是露茜的那个朋友呢？白女巫正坐在宝座上。

"你怎么一个人来了？我不是让你把他们三个一起带来

吗?"白女巫的声音很恐怖。

"陛下,请不要生气,我已经尽力把他们带到了附近,就在海狸先生家里。"爱德蒙解释道。

"准备雪橇!"白女巫的脸上露出一丝冷酷的微笑。

这会儿,海狸夫妇和三个孩子正准备出发。

上路时雪已经停了,月亮出来了。海狸先生走在前头,随后是露茜、彼得、苏珊,海狸太太走在最后。海狸先生带他们穿过堤坝,走在河岸下面树丛中一条崎岖的小路上。

月光下,山谷两边的峭坡高耸入云。他们奋力爬上山坡,钻进灌木丛中的一个洞穴里。

"这是一个藏身的好地方,我们得睡上几个小时,再继续赶路。"海狸先生说。

由于路途艰辛,大家很快就睡着了。

一阵铃铛声传来,所有人都被惊醒了,是白女巫发现了他们吗?

海狸先生一听见声音,赶紧钻出洞去,其他人在洞里等着。

过了一会儿，听见海狸先生在洞口叫他们。

"没事儿了，出来吧！太太，孩子们，不是她，老妖婆的法力已经完蛋了！"海狸先生高兴得手舞足蹈。

只见一辆挂着铃铛的驯鹿雪橇驶来，这些驯鹿比白女巫的驯鹿大多了。雪橇上坐着一个人。他个子高大，身穿一件红色的袍子，白色的大胡子垂在胸前。他是圣诞老人！那么魁梧，那么真实。

大家静下来，感到非常开心，但也非常严肃。

"白女巫已经把我赶走很多年了，现在终于回来了。阿斯兰在行动，老妖婆的法力在减弱。"圣诞老人说。

"好了，给你们礼物吧。"圣诞老人递给彼得一把剑和一面盾，盾上有一头红色狮子。彼得接过礼物，觉得这是一份十分庄严的礼物。

圣诞老人送给苏珊一副弓箭和一只号角，说："这弓箭百发百中；一旦吹响号角，我想你就会得到帮助。"

最后，他送给露茜一个小瓶子和一把小匕首。

"这个瓶子里，有一种妙药，不管谁受了伤，洒上几滴就能好。这把匕首是给你在紧急时自卫用的。"圣诞老人说。

圣诞老人又拿出一个盛满丰盛早餐的大托盘。

"圣诞快乐！纳尼亚王国万岁！"他大喊一声，一扬鞭子，驾着驯鹿雪橇驶向远方。

山洞里，海狸夫妇和三个孩子津津有味地享用着早餐。而此时的爱德蒙却惨了。他本以为白女巫会好好款待他，就像上次那样，谁知当他向白女巫索要软糖时，却遭到了拒绝。

白女巫带着爱德蒙坐在雪橇上，向冰天雪地中驶去。这对爱德蒙来说是一段可怕的旅程。

一棵树下，松鼠一家正快乐地围坐在一起，吃着大餐。

"谁允许你们大吃大喝、铺张浪费的，这些食物是从哪弄来的?"白女巫停下来对松鼠们大吼道。

“是圣——圣诞老人，陛下。”松鼠们被白女巫吓昏了头，说话结结巴巴。

“什么?”白女巫吼道，从雪橇上一跃而起，向那些受惊的动物走近几步，举起魔杖。刚才还在欢笑的松鼠们立刻变成了石像。

爱德蒙这才彻底认清了“女王”的真面目。他觉得那些无辜的松鼠很可怜，并暗自为他们感到难过。

这会儿，爱德蒙和白女巫又坐上雪橇向前驶去，可速度却没有原来快了。天气越来越暖和，冰雪逐渐融化，明媚的阳光照射在森林的地面上，河边长出了洁白的雪莲花……

春天来了，白女巫的法力正在失效，冰雪化成潺潺流水，她的雪橇快要不能驾驶了!

没错儿，是阿斯兰回来了!

孩子们眼看着冬天过去了，整个森林转瞬间从一月到了五月，白女巫的阴谋失败了。

“马上就到了。”海狸先生说着，开始带领三个孩子上山。

"天哪，大海！"彼得对苏珊说。

山顶这块空地叫"石台"，看上去年代久远，刻满了奇怪的符号。

一头金色鬃毛的雄狮站在那儿，威武高贵，他就是阿斯兰。

彼得感觉狮王英气逼人，甚至不敢直视他的眼睛，但还是鼓足了勇气走上前说："我们来了，阿斯兰！"

"欢迎你们，亚当的儿子，夏娃的女儿们，还有海狸夫妇。"阿斯兰说。

"请问，阿斯兰，你能救救爱德蒙吗?"露茜说。

"这件事可能比你们想象的要困难些。"阿斯兰回答道。

露茜突然发觉他看上去很忧伤。

"来吧，亚当的儿子，看看你未来的城堡吧。"阿斯兰伸出一只爪子搭在彼得的肩膀上。

彼得随狮王来到山顶的东侧。在落日的映照下，壮丽的山河镀上了一层玫瑰色，一座闪闪发光的城堡屹立在远方。

"男子汉，那就是纳尼亚的四个宝座，你必须以国王的身份，坐上其中的一个。"阿斯兰说。

这时，一个奇怪的声音突然打破了沉默。

"是你妹妹的号角声。"阿斯兰低声说，彼得好像明白了什么，飞快地奔向妹妹。

他看见一幕可怕的场景。露茜脸色苍白，撒腿朝他跑来。苏珊奔向一棵大树，奋力爬上去，后面有一头狼在追她。

彼得冲向那头狼，猛刺一剑。恶狼眼神凶狠，嘴巴张得很大，一阵狂嚎。一番搏斗后，这头狼终于倒地死了。

"快，快，现在正是救出爱德蒙的好机会！"阿斯兰大声喊着。

此时的爱德蒙早已疲惫不堪，被妖婆捆绑着倒在地上。深夜里，爱德蒙听到四面八方的喊声震天响，是阿斯兰派的救兵来解救他了！

他发现自己被松了绑，好几条有力的胳膊搀扶着他来到石台。

第二天，爱德蒙又回到了兄弟姐妹之中，并向他们道了歉。他们还没有来得及多说什么，白女巫已经来到了石台，站在阿斯兰面前。

孩子们和海狸夫妇一看白女巫那张脸，就脊背发凉。

"全都退下，我要跟妖婆单独谈谈。"阿斯兰说。

所有人都退到一旁，不安地等待着。

最后，白女巫脸上露出欢喜的神情，转身离去了。

"这件事情解决了。"阿斯兰说。

"我们得马上离开这里，今晚去浅滩安营扎寨。"阿斯兰带领大家，向浅滩走去，边走边向彼得宣讲对女巫的作战计划。

"这一仗由你来打。一定要切断妖婆的后路，不能让她回到老窝。"阿斯兰不停地教彼得如何指挥战斗。

夜里，苏珊和露茜翻来覆去睡不着，窃窃私语着。

"我有种可怕的预感，好像有什么大事要发生。"露茜不安地说。

"我也有这种感觉。整个下午阿斯兰好像都不对劲儿，他让彼得指挥战斗，他不会悄悄溜走吧？"苏珊也很害怕。

她们俩偷偷走出帐篷。

"瞧那边！"苏珊抓住露茜的胳膊说。

在树林边上，阿斯兰正向远处走去，慢吞吞地，好像很累。她们俩一路跟着，来到石台。

露茜和苏珊躲在灌木丛里。石台周围站着一群妖怪，站在他们中间的正是老妖婆白女巫。

"那个笨蛋来了，把他捆起来！"白女巫喊道。

众妖怪一拥而上。姐妹俩大气都不敢出，等待阿斯兰一声怒吼扑向敌人。可是他却没有反击。

"哦！他们怎么能这样？"露茜说着，泪珠滚滚而下。

"笨蛋！按照我们的条约，现在我要杀了你。你要明白，你已经把纳尼亚让给我了。去死吧！"女巫气焰嚣张，残忍地杀害了阿斯兰。

树林里静了下来，姐妹俩抱着阿斯兰失声痛哭。

太阳升起来了，阳光照在阿斯兰的脸上，他缓缓睁开了双眼，鬃毛开始焕发出金色的光彩！

"啊，阿斯兰，你没有死！"姐妹俩不约而同地叫起来。

"是的，我会一种比白女巫更高明的魔法，我的力量全部恢复了，她已经被我迷惑，现在我们该去战斗了。"阿斯兰说。

阿斯兰让苏珊和露茜坐在他金色的背上，来到白女巫的城堡。

"阿斯兰，我找到图姆纳斯先生啦！"露茜大喊着。

城堡里的石像都活了过来。

爱德蒙和彼得正带着阿斯兰的军队跟白女巫和怪物们激烈战斗。阿斯兰带着大家赶来支援，两个男孩立刻士气大增，树林里到处是敌人的喊叫声。

战斗很快结束了，白女巫死了，其他残兵败将落荒而逃。海狸夫妇悉心治好了受伤的小勇士们。

王宫里的四个宝座虚位以待，在所有臣子的注目下，阿斯兰为四个孩子加冕。

"要记住，亚当的儿子，夏娃的女儿，在纳尼亚一朝为王，终身为王！"阿斯兰庄严地说。

所有人都欢呼着向他们的国王和女王致敬，但阿斯兰却悄悄地离开了。他是只野性的狮子，永远是自由的。

接下来的几年，两位国王和两位女王一直捍卫着纳尼亚，他们制定法律，爱护子民，百姓们安居乐业……

神奇的纳尼亚王国，充满了未知的挑战，他们今后又会有怎样的奇遇呢？

能言马和王子

这是一个神秘奇幻的时代，纳尼亚王国和卡乐门王国双雄鼎立。在卡乐门王国的南面，有一个小港湾，住着穷渔夫阿什伊什和他的儿子沙斯塔。

阿什伊什早晨出海打鱼，下午就把鲜活的鱼儿拉到集市上去卖。

沙斯塔的活儿很多：修网、洗网、做饭、打扫屋子……沙斯塔对他家南边的一切都不感兴趣：跟老爹一模一样的人，满脸胡子，肮脏的长袍。可北边却不一样，青草茂盛的山坡，平坦的山脊，还有天空中自由飞翔的鸟。

"老爹啊，北边都有什么呀？"沙斯塔问。

"好好干活儿，少找打！"阿什伊什说。

"北边一定很有趣儿，等我长大了一定去看看！"沙斯塔想。

可还没等他长大，事情就找上门了。

这天，来了个陌生人，骑着一匹强壮的马，手握一柄长矛，腰挂一把弯刀，胳膊上有个金环。据说卡乐门王国的王

爷就是这副打扮。

王爷很傲慢，让阿什伊什把沙斯塔打发了。

沙斯塔坐在屋外，旁边的墙壁上刚好有条裂缝，屋里的谈话听得一清二楚。

"嘿！我要买下你的儿子。"王爷说。

"王爷，儿子对我来说比什么都重要！"阿什伊什喊道。

"别撒谎了，他根本不是你亲生的，你的皮肤这么黑，而他那么白。"王爷肯定地说。

"看来什么都瞒不过您。在好多年前的一个夜晚，我在海边散步，忽然传来微弱的哭声。湖水把一条小船冲上岸，里面有个瘦弱的男孩儿……"阿什伊什讲起往事。

"少废话，这孩子你卖多少钱，十五个克利申怎么样？"王爷眼睛瞪得溜圆。

"我实在舍不得。"阿什伊什挤出了两滴眼泪。

"十五个？您是要我的老命吗？最少也要七十个！"阿什伊什嚎叫起来。

沙斯塔十分伤心，踮着脚走开了。

尽管听过村里人的风言风语，但当他亲耳听到这些时，还是难过地哭了。

"也许跟着那位王爷，日子会好过些！"沙斯塔思绪万千，在草地上徘徊。

沙斯塔看见王爷的马儿正在吃草，走过去，拍了拍马儿的脖子。

马儿继续嚼着草，没搭理他。

"希望这位王爷仁慈和蔼。如果他带我去打仗，我会英勇无畏，救他于危难之中。他会把我认作义子，赏我一座王宫，亮闪闪的战车、盔甲更不在话下……"望着星空，沙斯塔浮想联翩。

沙斯塔一边想一边抚摸着马儿。

"唉，多希望你会说话啊。"沙斯塔自言自语道。

"我叫布里，我会说话哦！"马儿突然开口说话了。

沙斯塔很惊讶。

"我原来住的地方，大家都会说话。"布里说。

"在哪儿？"沙斯塔好奇地问。

"纳尼亚！那里空气清新，青草茂盛，花香扑鼻。"布里叹了口气，原来是它小时候淘气，误闯进了卡乐门。

"我知道你想打听我的主人安拉丁王爷。他是个不折不扣的坏蛋，我要是你，马上就逃跑！"布里诚恳地说。

"那你呢？"沙斯塔问。

"如果你愿意，咱俩一起走，今晚就是个好机会。你会骑马吗？"布里摆着耳朵说。

"当然！"其实沙斯塔只骑过驴子。

"那还等什么？解开缰绳，跳到我背上来，赶快出发吧！"布里说。

聪明的布里驮着沙斯塔，在河边留下一串向南行进的蹄印，然后逆流而上，一路向北跑去。

沙斯塔在马鞍囊里找到了肉馅饼、无花果干、干酪和四十个克利申。

吃过饭，他们又出发了，夜以继日地向北赶。

在布里的帮助下，肌肉结实的沙斯塔骑起马来得心应手，甚至还学会了骑兵的各种战术和冲锋技巧……

一天，经过海湾边的平原时，沙斯塔发觉有人在骑马跟踪他们。周旋躲闪中，遇上一头狮子，沙斯塔和跟踪者一起被狮子赶下海。

狮子不敢下海，过一会儿就走了。

"好惊险啊，布里！"跟踪他们的那匹马说。

"是你呀，赫温！"布里说。

原来它们早就认识。布里和那匹叫赫温的马很熟，可马背上的两个人却别别扭扭。

赫温的主人叫阿拉维斯，是个女孩儿，为逃避爸爸为她包办的婚姻，和心爱的马儿一起逃出了家门。

阿拉维斯也要去纳尼亚，于是他们结伴同行。

去纳尼亚路上的第一个难题，就是穿过凶险的塔什班城。他们打算乔装打扮混进城去。

两匹毛发蓬乱的马，身上涂着烂泥，耷拉着脑袋，装出疲倦、懒惰的样子，又被再三嘱咐，无论如何都不许说话。

塔什班城是卡乐门王国最有名的城市，城墙高大，塔楼林立。

走到桥头，拿着长矛的士兵开始检查过往行人。

"嗨，小马夫，用主人的马驮货，要是被发现了，有你好果子吃！"士兵大喊着，检查完便放他们进了城。

塔什班城的王宫虽然漂亮，但这里的贵族们看上去却傲慢无理。街上熙熙攘攘，这时，出现了一群与众不同的人。

他们皮肤雪白，头发金黄，神态轻松，不像塔什班城里的卡乐门人那样神秘。佩剑也不是卡乐门人喜欢的弯刀，而是又长又直的剑。

沙斯塔羡慕地看着那群人。

"啊，我们纳尼亚王国的王子果然在这儿！"中间领头的男子指着沙斯塔喊了起来，然后跳过来抓住沙斯塔的肩膀。

"你还有心情闲逛，苏珊女王已经为你哭红了眼睛！"男人说。

"你们一定搞错了！"沙斯塔挣扎着想溜走，可却被这群人团团围住。

"果然是王子，你再乔装打扮，可一开口我们就听出来了！"这群来卡乐门王国做客的纳尼亚人笑着说。

"看来，安然无恙穿过塔什班城的计划泡汤了。"沙斯塔想，然后被这群人簇拥进了一座宫殿。

"顽皮的小家伙，跑哪去了？你的衣服呢？"卡乐门国王

70

从宝座上走下来。

沙斯塔不知如何回答，意识到这个玩笑开大了。

"怎么了，纳尼亚王国的王子，不应该耷拉着脑袋啊?"
国王说。

国王拉着沙斯塔的手，穿过富丽堂皇的走廊和曲折的楼
梯，来到了一个宽敞的房间。

"科林，你真是太顽皮了，跑哪儿去了! 如果找不到
你，纳尼亚和卡乐门恐怕就要开战了!"一个女人跑过来抱
住沙斯塔说。

"看来，他们真把我当成纳尼亚的王子了。"沙斯塔想。

"你到底去哪儿了，科林?"女人问道。

"我……我不知道。"沙斯塔结结巴巴。

"女王陛下，王子可能中暑了，有点儿犯迷糊，先让他
休息吧。"旁边的一只羊怪说。

这个美丽的女人就是纳尼亚的女王苏珊。

卡乐门的拉巴达什王子想娶苏珊女王为妻，就邀请她和

71

她的兄弟来塔什班城做客。苏珊却对这位王子很失望。

"当初在比武场，拉巴达什王子技艺超群、温文有礼。可在这儿，他却傲慢又残酷。今天我们就离开塔什班城吧！"苏珊对哥哥说。

"亲爱的妹妹，一旦你拒绝他，我们就会变成囚徒。他会强迫你做他的妻子！"哥哥说。

"女王可以假装答应他，不过我们要求在'灿烂晶莹号'船上举办答谢晚会，一旦上了船，就扯起篷帆，划起桨……"羊怪抬起头说。

大家一致同意这个提议，开始分头准备。

羊怪给沙斯塔送来一顿美餐，沙斯塔狼吞虎咽地吃起来。

"你的父亲恩伦国王说，在你生日的时候，要送你一副盔甲和一匹战马。这样，你就可以学习冲锋技巧了。几年后，你也许会被封为骑士……你先睡一觉，一会儿我来叫你上船，咱们要回纳尼亚了！"羊怪喋喋不休。

沙斯塔迷迷糊糊地睡着了，却被敲窗的声音惊醒。

只见窗台上坐着一个男孩儿，长得跟沙斯塔几乎一模一样，身上的衣服破破烂烂，脸上带着伤痕。

"你是谁？"惊讶过后，他们异口同声地问。

原来，窗台上坐着的男孩儿，正是科林王子。他私自跑到街上玩，碰见几个孩子拿苏珊女王开玩笑，就跟他们打了一架，回来时又迷了路，好不容易才找回宫殿。

由于沙斯塔急于去找他的三个朋友，就把苏珊女王的计划告诉了科林王子，而科林王子也告诉了他逃出去的路线。

两个孩子互相看着对方，仿佛是认识了很久的朋友。

"再见了，祝你好运！"科林王子说。

"再见了，虽然你刚刚经历了危险，但真正的危险还没过去呢！"沙斯塔说。

"跟你的危险比起来，那不算什么，小心点儿，希望我们能在纳尼亚见面。如果你见到我的父亲恩伦国王，就说是我的朋友。"科林王子说。

　　沙斯塔按照科林说的路线，逃出了宫殿，跑到之前和朋友们约好的地点——坟场。

　　沙斯塔特别想念他的朋友们——阿拉维斯、布里和害羞的赫温。

　　他气喘吁吁地在坟场里寻找，却什么也没有发现。

　　就在这时，从远处跑来两只猫，它们竟然都会说话！

　　沙斯塔向它们打听朋友的下落，却大失所望。

　　沙斯塔太累了，便靠在一棵大树上睡着了。

　　第二天，沙斯塔一直等到太阳落山，也没见人影。

　　忽然，两匹马向他跑来，是布里和赫温！

　　后面跟着个陌生人，却没有阿拉维斯的身影。

　　原来，沙斯塔被带走后，阿拉维斯在街上碰见了好朋友莉恩。

　　"听说你父亲也在这座城里，正派人四处找你。"莉恩说。

　　阿拉维斯可不想跟父亲回去。她们想出了一条妙计来帮助阿拉维斯出城——王宫的后墙上有个水门，从那儿出去后，可以坐船离开。

阿拉维斯让莉恩的侍从带着两匹马儿赶往坟场，先跟沙斯塔会合。

两个姑娘溜进王宫，仓促间记错了水门的位置，误闯进一间密室。

她们听到卡乐门国王和拉巴达什王子的秘密谈话。

拉巴达什打算带领二百人马穿过沙漠，在第二天早晨占领恩伦国王的安瓦德城，等待苏珊女王的"灿烂晶莹号"进港，然后劫走苏姗女王。

听完他们的谈话，两个姑娘离开了密室，终于找到了水门，穿过水门，阿拉维斯跳上一艘小艇，准备去坟场找沙斯塔、布里、赫温和那个侍从。

几个朋友终于会合了！

短暂的休息后，他们出发了，继续赶往纳尼亚王国。

"啊，北方，看吧，绿色的北方！朋友们，我们终于到了纳尼亚！"布里哽咽道。

回头望去，卡乐门王国早已消失得无影无踪。但事实上，卡乐门王子和他的军队正在缓慢靠近。

几个孩子想抢先一步给恩伦国王报信儿，但都累得走不动了。

就在这紧要关头，一头凶猛的狮子从身后跳出来。几个孩子拼命地跑，却被一道绿墙挡住了去路。墙下站着一位身材高大、胡须很长的人。

这时，狮子追上了落在后面的阿拉维斯，沙斯塔跳下马去救她，可他怎么打得过强壮的狮子呢！

"回家去！"情急之中，沙斯塔向狮子大吼道。

说来也怪，凶猛的狮子突然转身跑掉了。

"你是恩伦国王吗？"沙斯塔气喘吁吁地问陌生人。

"不，我是南征隐士。别浪费时间了，照我的话去办。你们的马已经筋疲力尽了，而卡乐门王子的军队正在逼近。如果你现在一路飞跑，还来得及向恩伦国王报信儿。一直往前跑，我的法术会帮你……"南征隐士说。

沙斯塔来不及质疑，在一种神奇力量的帮助下，一路飞奔，来到了一片树林。树林外围着一大群人。绅士们正在打猎，中间是恩伦国王。

"科林，我的儿子！你怎么衣衫褴褛、独自一人……"恩伦国王向沙斯塔伸出双臂。

"不，我不是科林王子，只是长得很像而已……"沙斯塔说。

国王目不转睛地看着沙斯塔，脸上的神情突然变了。

"国王陛下，快关上城门，卡乐门王子和他的人马就要过来了。"沙斯塔焦急地说。

国王相信了他，带着大家赶回城里。

沙斯塔骑着恩伦国王送给他的马，赶回去接他的朋友们。

沙斯塔在树林里遇到了一个庞然大物。孤独寂寞的沙斯塔把一路上离奇的遭遇都告诉了它。

"我并不认为你是不幸的。"怪物说。

"遇到这么多狮子，还不倒霉吗?"沙斯塔问。

"就一头!"怪物很肯定。

"你怎么知道?"沙斯塔更奇怪了。

"我就是那头狮子。"说话间，怪物已经变成了一头狮子。

沙斯塔紧张得说不出话来。

"大家以为我死了，其实没有。我就是逼你与阿拉维斯同行的狮子。你在坟场熟睡时，是我替你赶走豺狼。也是我，当年把奄奄一息的你放进一条小船，推给了一个渔夫。"狮子说。

沙斯塔曾在卡乐门王国听说过一个可怕的纳尼亚魔鬼，变为一头狮子的故事。

但在纳尼亚人口中，这头伟大的狮子就是纳尼亚王国的众王之首——阿斯兰。

和狮子分别后，沙斯塔继续在树林里前行。

这时，他遇到了一只刺猬和一只兔子。

沙斯塔把卡乐门军队要进攻纳尼亚的消息，告诉了刺猬和兔子。很快，纳尼亚的居民就都知道了，也知道伟大的狮王阿斯兰还活着的消息！

苏珊和科林刚回到纳尼亚，就碰见了沙斯塔。

"原来你在这儿，太好了！我们刚进港，就得到了敌人要进攻的消息，多谢你了。"科林王子向沙斯塔跑过来，抓住他的手说。

"科林，他是谁呀？你们长得太像了，真是不可思议。"苏珊女王说。

战斗打响了，冲在最前面的是纳尼亚王国的花豹们，穿着厚底尖钉靴的战士紧随其后。

尽管卡乐门王子的军队有备而来，但在严阵以待的纳尼亚大军面前，还是连吃败仗。

沙斯塔和科林王子所向披靡，战士们左右夹击，恩伦国王从后面包抄。卡乐门王子的人马腹背受敌，无奈地投降了！恩伦国王命人将卡乐门王子捆起来，带进城。

"挑战书都不送，就偷袭我们，这不是真正武士的行为。"恩伦国王指着卡乐门王子说。

科林把沙斯塔带到父亲面前。

"他在这儿，父亲。"科林大声说。

"好小子，你太勇敢了，站到这儿来，让大家都看看！"国王很激动，紧紧抱住沙斯塔，亲吻他的双颊。

大家都目不转睛地看着沙斯塔和科林，欢呼声四起……

阿拉维斯从隐士屋子里的一盆水中，看到了外面发生的一切，隐士让大家等着沙斯塔回来。但性急的阿拉维斯不愿意等下去，打算带上布里与赫温去找沙斯塔。

就在这时，一头狮子跳进院子。

"我叫阿斯兰，别害怕，别着急，请耐心地等一等，勇敢的姑娘。"狮子对吓得目瞪口呆的阿拉维斯说。

大门外突然传来一阵喧哗声。

"谁啊?"阿拉维斯问。

"是纳尼亚的科奥王子。"门外有个声音说。

阿拉维斯推开门,外面站着传令官、号手等很多人。

"沙斯塔!"阿拉维斯大喊着,跑向站在中间的沙斯塔。

"嗯，我的旧衣服被烧掉了，而且我父亲说……"沙斯塔满脸通红，结结巴巴。

"你父亲？"阿拉维斯很惊讶。

"恩伦国王是我的父亲，科林和我是孪生兄弟。我原名叫科奥。这些都是我刚刚才知道的。"沙斯塔说。

"这到底是怎么回事儿啊？"阿拉维斯一脸茫然。

"让我慢慢告诉你……"沙斯塔说。

"科林和我是孪生兄弟，出生后一个星期，父母带我们到一位年迈的人头马家接受祝福。人头马是个预言家，一看见我就说：'有朝一日，这个孩子将拯救整个国家。'父母听了很高兴。可是，当时在场的人中，有个叫巴尔勋爵的家伙却忧心忡忡，他曾经是我父亲手下的大法官，因犯错被解除了职务，就怀恨在心，暗地接受卡乐门国王的钱财，把许多秘密情报送到了卡乐门。当他一听见人头马的预言，就决心除掉我。他费了不少心机，绑架了我，把我带到一条帆船里。等父亲发现我丢了，就带着人跳上战舰奋力追赶……"

科奥王子讲得活灵活现。

"这场追击进行了六天六夜。第七天，父亲的士兵终于占领了巴尔勋爵的船，可我却不在船上。原来，巴尔勋爵把我交给了一名武士，送上了一条小船……"科奥眼眶红了起来。

"伟大的狮王阿斯兰救了我一命，他把船推到海滩上，有个渔夫捡到了我。"科奥接着说。

"好精彩的故事！你真的拯救了纳尼亚，你应该为此感到自豪！"阿拉维斯兴奋地说。

"别这么说，其实我挺不习惯的。"科奥的脸蛋依然红红的。

"看来你要在纳尼亚生活下去了！"阿拉维斯感叹道。

"哦，对了，父亲说你可以和我们住在一起。你会喜欢父亲和科林的……"科奥说。

"太好了，我会去的！"阿拉维斯说。

"现在让我们去看看马儿吧。"科奥欢天喜地地说。

耳朵灵敏的布里早听见了科奥所说的一切，它和赫温都很开心。

中午时，科奥、阿拉维斯、侍卫和马儿们向隐士道别，一起上路了。赫温和布里请阿拉维斯和科奥骑着它们赶路。

"按照纳尼亚人的习惯，除非遇到战争，否则没人舍得骑这些会说话的马儿。"科奥说。

赫温听了很高兴，可是布里却闷闷不乐。在它看来，不被主人骑，是一种莫大的耻辱呢！

"布里，振作起来，我比你可怜，我要学习写字、跳舞、历史、音乐……而你可以在山上驰骋、打滚儿。"科奥说。

"要是不让打滚儿，我可受不了。赫温，你说呢？"布里说。

"我当然要打滚儿的，但你是否打滚儿，我看没谁在意。"赫温打趣道。

"国王的城堡快到了吧？"布里问道。

"马上就到!"科奥笑着回答说。

"好吧,现在我要好好地打一会儿滚儿,也许这是最后一次了。"五分钟后,布里从地上站了起来,浑身都是草叶。

"我准备好了,科奥王子,继续赶路吧。"布里严肃地说。

还没走到城门,恩伦国王就迎了出来。

"阿拉维斯，我们由衷欢迎你。科奥跟我讲了你们一起经历的事情，还有你的勇敢。"恩伦国王说。

"科奥才勇敢呢，陛下，他还冲到一头狮子面前救过我呢！"阿拉维斯说。

"那是怎么回事儿？"国王好奇地问。

阿拉维斯便绘声绘色地讲了起来，国王听完笑容满面。

国王又转向赫温和布里，问了它们很多问题。马儿们在国王面前，紧张得说不出话来，可能它们还不习惯和国王平等地交谈吧。

"亲爱的阿拉维斯，苏珊已经为你安排好住所。"恩伦国王说。

"我一会儿带你去看看。"苏珊对阿拉维斯说。

"我们手里还有个卡乐门王子，怎么处理好呢？"国王皱着眉说。

"要不再给他一次机会，只要承诺以后再不来犯，就放了他。"苏珊女王说。

"说得对。如果他不遵守诺言，下次战争再砍掉他的脑袋也不迟。"科林说。

戴着铁链的卡乐门王子被关在地牢里，气鼓鼓地不肯吃饭，喊叫咒骂了一整夜。

"我有权杀了你，但我决定放你回家，条件是……"恩伦国王还没说完，就被打断。

"呸！快给我解开这该死的铁链，给我一把剑，你们敢吗？"卡乐门王子声嘶力竭。

"我要杀了你！"科林王子大声叫道。

"安静，科林！我的条件是……"国王恩伦语气平和。

就在这时，坐在桌子旁的所有人都站了起来。伟大的阿斯兰来了，没人看见他是什么时候进来的。

"卡乐门王子，你的厄运已近在眼前，但仍有机会避免。忘掉你的骄傲和愤怒，接受这位善良国王的怜悯和慈悲吧！"阿斯兰说道。

"你这个魔鬼！你是纳尼亚的邪恶魔王！你是众神的仇

敌！我是不可战胜的神圣王子……"卡乐门王子尖声叫道，并发出狰狞的笑声。

"卡乐门王子，厄运此刻就在门外等着你。"阿斯兰平静地说。

"我什么都不怕！我要揪住苏珊的头发，把她拖到我的王宫去……"卡乐门王子喊道。

"时辰到了。"阿斯兰说道。

卡乐门王子的耳朵越来越长，脸也变长了，身上长出了毛，手和脚都变成了蹄子。王子愤怒的喊声变成了一串驴叫。

"啊，丑陋的驴子？哪怕是一匹马也好啊……"大家议论纷纷。

"这就是公正的审判。但你不会永远是驴子，还有机会变回人。"阿斯兰说。

"求求你，求求你，怎么才能变回去？"哭丧着脸的驴子哀求起来。

"今年八月最后一天，你必须按时出现在卡乐门众人面前，才能变回王子。但是，只要你离开卡乐门十里远，就会重新变成驴子，而且再也变不回人了。"阿斯兰说。

"殿下，我深感遗憾，这并不是我的本意。我会派船送您回去，您将得到最佳待遇……"心肠慈悲的恩伦国王说。

驴子被送回了塔什班城，并在八月最后一天，来到了卡乐门众人面前，重新变回了王子。

无数人目睹了这一幕，老国王也被气死了。

拉巴达什王子成了新国王——卡乐门王国有史以来最和平的国王，因为他不敢离开卡乐门十里远。

而拉巴达什又怕手下的王爷们从战争中获得巨大的声誉而威胁到他，因此就停止了战争。

在拉巴达什统治期间，当着他的面，百姓称他为"和平国王"，而背后，人们都叫他"驴子国王"。

在纳尼亚王国，大家举杯欢庆。

"科奥，明天你和我一起去视察所有的城堡。如果我去

世了，它们都将属于你。"恩伦国王说。

"父亲，那时科林就是国王了。"科奥说。

"你是兄长，王位要传给你。"国王说。

"但父亲，科林显然比我更适合当国王啊!"科奥拉着科林的手争辩。

"孩子，长子做国王是法律的规定。"恩伦国王显然已经打定了主意。

"太好啦，我将永远是个快乐的王子!"科林高兴地跳了起来。

"科奥啊，做国王就意味着冲锋时要身先士卒，撤退时要沉着殿后，闹灾荒时要吃得比任何人都少，而科林只知玩耍。"恩伦国王说。

"如果你想反悔，我马上就把你打倒在地。"科林挥拳笑着说。

兄弟俩相处得很融洽。长大后，他们都成了出色的武士，科奥在战斗中更加勇猛无敌;科林成了厉害的拳击手，

大家都叫他"霹雳科林"。

阿拉维斯和科奥常常吵架，但总是很快就和好。几年后，他们长大了，为了能一直吵下去，干脆就结了婚。

恩伦国王去世后，科奥成了纳尼亚的国王，阿拉维斯成了王后。

布里和赫温则悠闲地生活在森林里，每隔几个月，它们总要结伴进城，去拜访老朋友。

凯斯宾王子

　　火车站的长椅上坐着四个孩子：彼得、爱德蒙、苏珊和露茜。他们曾一起钻进过一个神秘的大衣橱，来到另一个世界——纳尼亚王国。

　　在那里，孩子们帮助纳尼亚人战胜了恶魔白女巫，成为纳尼亚的国王和女王。现在，四个孩子在乡下度完假期，正准备坐火车返回学校。

　　"快，大家拉起手来，我感觉这是一种魔力！"爱德蒙慌张地说。

　　一阵天旋地转，行李、长椅、车站全都在瞬间消失了。

四个孩子发现他们已站在了一片树林中。

"喂，彼得！咱们是不是又回到纳尼亚了？"露茜大声地问。

树林边上是海滩，对面有一片陆地。他们沿着海岸一直走，想到陆地上去。可当他们爬上一块岩石后却发现，这里竟然是一座小岛！

孩子们沿着小岛的边缘走了半圈。突然飘来一阵清香，他们发现了一片苹果树。

"这就是说，小岛上曾经有人居住过。以前，我们好像也叫人种过苹果树。"彼得说。

"那儿有一堵墙！"彼得惊叫道。

孩子们从墙上隐蔽的拱门进去，发现有一个屋顶坍塌了的大厅和一个平台。大家觉得这里很奇怪。

"那是国王和贵族们坐的地方。还记得吗，我们以前坐过的王宫高台，跟这个差不多。"彼得说。

大家听后，先是一惊，可转念一想，这里没准儿是其他王国的城堡。

这时，苏珊发现了一枚象棋子！

"这是我们在凯尔帕拉维尔城堡做国王和女王时玩过的！"露茜大吃一惊。

"咱们得认真考虑一下了。"彼得的声音有些激动。

"如果真是我们的城堡，那身后应该有一扇门，通往宝库。"露茜说。

大家恍然大悟，拿起棍子，敲打身后被藤叶覆盖的墙壁。

果然，他们发现了一扇门！

推开门，顺着手电筒的光，孩子们走下台阶。

"哇！"孩子们一阵欢呼，这里真的是凯尔帕拉维尔城堡的宝库。

"手电筒快没电了，拿上需要的东西，赶紧出去！"爱德蒙说。

露茜拿了半瓶神水，苏珊拿了一张弓和一个象牙箭壶，彼得取下了镶着红色巨狮的盾牌和一柄神圣的宝剑。

大家拿着宝物走出宝库，来到海边，打算尽快离开小岛。

就在这时，一条小船划过来。船上有两个穿着盔甲的士兵，将一个扭动的东西投入海中。

"是小矮人！"彼得大声说道。

苏珊一箭射到一个士兵的头盔上。士兵跳进海里，游走了。另一个士兵惊叫一声也逃走了。

彼得和爱德蒙跳进海里，把小矮人救了出来。

小矮人身高不足一米，长着红色的大胡子。

"他们为什么要害你?"彼得问。

"这个说来话长。不过现在，我们必须到岛的另一边去，别让对面陆地上的人发现。"小矮人警惕地说。

四个孩子和小矮人上了船，绕着小岛先向北、再向东划去。孩子们看清了对面的陆地。

"纳尼亚终究还是面目全非了。"孩子们感慨道。

"你们知道纳尼亚?"小矮人惊讶极了。

"当然。不过，先讲讲你的故事吧!"彼得说。

"其实，我是凯斯宾王子的使臣。他是个新纳尼亚人，以前是台尔马人。"小矮人讲述着。

"我们都听糊涂了。"四个孩子茫然地对视着。

"那我还是从头讲起吧……"小矮人说。

凯斯宾王子从小住在纳尼亚中部的一座城堡里，双亲都去世了，就跟着叔叔婶婶一起生活。

叔叔弥若兹是当今的纳尼亚国王。他极其残暴，为了夺取王位，杀害了凯斯宾王子的父亲。凯斯宾王子的老师克奈尔斯博士，总是给凯斯宾讲纳尼亚过去的事情——凯斯宾一世如何征服纳尼亚，之前纳尼亚只住着小矮人、人头马、羊怪、森林仙子，还有许多会说话的动物，纳尼亚原本属于伟大的森林之王阿斯兰，他是一头雄狮，可台尔马人赶走了他。

后来，凯斯宾知道了父亲死亡的真相，心中充满愤怒。可就在那时，改变他命运的事情发生了。婶婶生了个儿子，这就意味着叔叔有了自己的王位继承人，凯斯宾将要性命不保。克奈尔斯博士为凯斯宾准备了马、食物、宝剑和苏珊女王的神号，催促他赶紧离开。

空中升起无数的礼花，那是弥若兹在庆祝新王子的诞生。

凯斯宾非但没有害怕，反而仿佛获得了真正的自由。他离开了城堡，像游侠骑士一样，一路披荆斩棘，勇往直前。

后来，凯斯宾骑马狂奔到一片森林，突然来临的暴风雨使他昏了过去。

不知过了多久，凯斯宾醒了，发现自己躺在温暖的篝火旁，身边传来低低的说话声。

"在他醒来前，我们最好干掉他！"一个声音说。

"不行！我要把他救过来，包扎好伤口。"另一个声音反驳道。

原来，主张救凯斯宾的是一只毛茸茸的獾，主张杀掉他的是坏脾气的小矮人尼克布瑞克，还有一个长着红色胡子的小矮人，叫杜鲁普金。

凯斯宾向他们诉说了逃出城堡的原因。

"凯斯宾王子，只要你忠诚于古老的纳尼亚，你就是我们的国王！"獾说。

凯斯宾和他们来到山坡上的一棵空心栎树前。獾敲了敲树干，里面走出三头大棕熊。听完客人的故事后，它们一齐用湿乎乎的鼻子和嘴亲吻凯斯宾。

告别大棕熊，凯斯宾又拜访了森林七兄弟。它们是制造兵器的能手。

凯斯宾还拜访了英勇的老鼠王。

"陛下，我们将随时听候您的调遣！"老鼠王说。

接下来，凯斯宾又拜访了羊怪、巨人、刺猬、大猩猩和人头马。

"国王万岁！只要您对弥若兹宣战，我们就拥护您。我看有必要举行一个关于战争的会议，我们人头马家族将竭尽全力！"人头马说。

古老的纳尼亚生灵聚集在一起，欢呼着、跳跃着。

"纳尼亚王国的臣民们……"凯斯宾开始讲话了。

"嘘，好像有人来了。"獾打断凯斯宾。大家立刻警觉起来。

"哦，是我的老师，克奈尔斯博士！"凯斯宾高兴地喊道。

原来，克奈尔斯博士趁弥若兹和他的士兵们不注意，偷偷跑了出来。他用魔法知道了凯斯宾的行踪，跟到这里。

"弥若兹的军队已经进入这片森林，我们得赶紧想个办法！"克奈尔斯博士说。

"在大森林边缘有一个神秘的地方——阿斯兰堡垒，那里地势险要，是个藏身的好地方。"克奈尔斯博士说。

"有个博士在身边真好!"獾打趣地说。

一行人连夜赶到了阿斯兰堡垒。他们刚刚安顿下来没多久,弥若兹的大军就追来了。

勇敢的凯斯宾率领小矮人、巨人和人头马扑向弥若兹的军队。可敌军的数量远远超过了凯斯宾的队伍,这一仗,凯斯宾打败了。

凯斯宾手下的一头熊挂了彩,连最有战斗力的人头马也伤势严重。

夜晚,冰凉的雨水打在身上,饥寒交迫的战士们一个个垂头丧气,士气低沉。

在堡垒中心的屋子里,凯斯宾、克奈尔斯博士、獾、小矮人杜鲁普金和尼克布瑞克正在开会。大家一致认为,弥若兹的军队正在堡垒外面的某个地方伺机行动,应该吹响神号请求援兵。

"也许号声能唤来阿斯兰,或者是纳尼亚的彼得国王。我们必须派使臣去迎接。"博士说。

"有道理，可是派谁去好呢？"小矮人杜鲁普金插嘴道。

"就派杜鲁普金去吧。"獾严肃地说。

"就这样，凯斯宾吹响了号角。可我却走错了路，被弥若兹的士兵抓住，扔到了这里。"杜鲁普金对面前的四个孩子说。

"你就是那个使臣，小矮人杜鲁普金！"露茜脱口而出。

"凯斯宾吹号时，我们正在火车站，是号角声把我们召唤到了这儿！"彼得说。

四个孩子带着杜鲁普金再次来到宝库，每个人都穿上威武的盔甲，配上精良的头盔、弓箭、宝剑和盾牌。

"我有个请求，你愿意和我比剑术吗？"爱德蒙彬彬有礼地对杜鲁普金说。

"这可是个危险的游戏，不过既然你提出来了，我就陪你比上一两个回合吧。"杜鲁普金说。

瞬间，两把宝剑出鞘。他们都用剑劈对方的腿，因为身上只有这部分没有盔甲防护。对方的剑劈来时，必须迅速跳起。这对爱德蒙很不利，因为他个子高，只能蹲下身子进攻对手。

最后，爱德蒙用一招花剑，打败了杜鲁普金。

杜鲁普金又和苏珊比射箭，结果也输了。

几个人比试完，装了一袋子苹果，准备赶往阿斯兰堡垒，与凯斯宾会合。

"停，好像有什么东西在跟踪我们，就在左边那儿!"杜鲁普金突然悄声说道。

突然，一头野兽从灌木丛后猛扑过来，露茜猝不及防，被扑倒在地。等露茜清醒过来时，只见一头面目狰狞的大灰熊躺在地上，已气绝身亡，脑袋上插着杜鲁普金的一支箭。

不知不觉中，他们来到了悬崖边，只见面前是一道峡谷，谷底还有一条河流。

"看，快看，是阿斯兰! 你们看见没有?"苏珊两眼放光，朝身后大喊。

可是大家什么都没看见，都不相信苏珊的话。

"往峡谷下游去，再往右拐。"杜鲁普金毫不迟疑地回答道。

大家最终听取了杜鲁普金的建议。苏珊跟在最后，很伤心。

路越来越陡，有时甚至要在岩石上攀行，身下是万丈深渊和湍急的河水。

这时，他们发现眼前没路了。突然，一支支箭向他们射来。过了好一会儿，四周才渐渐平静下来。

"看样子是弥若兹的哨兵。"杜鲁普金长长舒了口气。

"真该死，是我把大家领到这条路上来的。苏珊，你是对的，我们原路返回吧！"彼得内疚地说。

他们往回走，天色渐渐暗下来。大家吃了不少苦头，都累得趴在路边睡着了。

苏珊从梦中惊醒，仿佛有个人在呼唤她。

"咦，那些树好像在跳舞！"苏珊自言自语，慢慢朝那个方向走去。

树真的在跳舞，想必是森林仙子吧！离她最近的树看上去像个老头儿，笨拙地摆动着，移动时不是踩在地面上，而是在土里蹚来蹚去，看不到树根。

这时，树林中又传来那个亲切的声音。

她穿过树林，来到一片草坪上。只见一头威风凛凛的狮子，在月光下岿然不动。苏珊跑过去，紧紧搂住他。

"亲爱的阿斯兰，终于见到你了。"苏珊哽咽着。

"孩子，从现在起，纳尼亚将要恢复往日的尊严，我们不能再浪费时间了。快点儿叫醒你的朋友们，跟我走！"雄狮严肃地说。

"我一定叫他们跟我走，哪怕他们依旧不相信我。"回去的路上，苏珊暗下决心。

"醒醒，快，阿斯兰在这儿！"她走到彼得身边，摇着他的肩膀，但他哼了一声又睡着了。

苏珊又去喊露茜和爱德蒙。

"什么，阿斯兰在哪儿？"爱德蒙跳了起来。

"在那儿!"苏珊指了指身后的树林。

终于,大家都醒了。可他们盯着树林,还是什么也没看到。

"如果苏珊执意要去找阿斯兰,我将跟她一块儿去。"爱德蒙说。

"听,阿斯兰在用爪子拍打草地,是在催我们了。你们不走,我可要走了!"苏珊焦急地说。

"那就走吧!"彼得一边说一边穿上盔甲。

阿斯兰领着他们来到悬崖边,在一种神奇力量的帮助下,大家飞到了对面的崖顶。

这时,阿斯兰终于现身了。

"亲爱的孩子们,你们看!"阿斯兰说。

透过树木的间隙,杜鲁普金和孩子们看到了阿斯兰堡垒。

"男子汉们,快点儿进入堡垒,看看里面的情况。"阿斯兰命令道。

三个男子汉抽出宝剑，向阿斯兰堡垒跑去。

此时，月光下的阿斯兰堡垒显得特别高大。

杜鲁普金和两个男孩儿来到堡垒中心的屋子旁，屋里传来愤怒的说话声。

"号都吹完这么久了，怎么援军还没到，我们不能再等了！"坏脾气的小矮人尼克布瑞克大喊着。

"耐心点儿，也许他们就快来了。"獾说。

"士兵们，我们去投奔更有本事的人吧，我说的是那个比雄狮的威力要大得多的白女巫！"尼克布瑞克煽动着他的手下。

"住嘴！白女巫是残暴的魔鬼，而且她已经被控制住了，我们不能招惹她！"獾跳起来大声喝道。

"你这是公然反叛！"凯斯宾王子抽出宝剑。

杜鲁普金和两个男孩儿冲进屋。屋子里一片混乱，剑击声、拳打声、脚踢声……

"我逮住了尼克布瑞克，这个混蛋他还活着。"爱德蒙松了一口气。

"反叛者一个都没跑掉。"彼得说。

"欢迎您，陛下！"凯斯宾王子虔诚地对彼得说。

"我不是来取代你的，而是要帮你夺回王位。"彼得说。

"凯斯宾王子，阿斯兰和苏珊女王、露茜女王就在附近。阿斯兰希望我们能看准时机，有所作为。我们有足够的力量与弥若兹的军队决战吗?"彼得问道。

"恐怕我们的力量还不够。"凯斯宾实事求是地回答。

"我们先派使臣与他周旋，无论结果如何，阿斯兰都会不失时机，给敌人以致命的打击。"彼得认真地说。

经过讨论，大家决定让爱德蒙带着巨人和人头马，去给弥若兹下战书。

在弥若兹的帐篷里，他正询问两个心腹对战书的看法。

"我认为送信的爱德蒙国王就很危险，万万不可轻敌啊！"一个心腹说。

"对，应该断然拒绝，这是最明智的选择。据说彼得国王也非常英勇，还是别惹他为妙。"另一个心腹说。

"你们叫他们国王，真是放肆！我会怕他们吗？活见鬼！"被激怒的弥若兹疾步走出帐篷，宣布应战的消息。

决斗马上就要开始了。

"陛下，纳尼亚王国决斗的助手向来是由我们家族担任的！"棕熊毛遂自荐。

"熊家族是有这个特权，但绝不可以在这种场合吮爪子。"彼得说。

"当然不会。"棕熊吮着爪子美滋滋地说。

场上的气氛开始紧张起来。

"阿斯兰怎么还不来?"杜鲁普金焦急地说。

"你回头看!"獾说。

杜鲁普金转身一看,森林仙子、水族女神……成千上万的生灵都被阿斯兰召唤来了,只不过对方看不到他们而已。

决斗时间到了,披盔戴甲的彼得和弥若兹入场。

两把宝剑同时出鞘,在阳光下闪闪发光。

刚开始的两个回合,弥若兹连连后退,但他抢到了一个喘息的机会,马上反击。形势变得对彼得很不利。

彼得拿盾牌的手很不灵活,左臂受了伤。

这时,彼得使出了狠招,一剑刺中弥若兹的臂弯。

中场休息时,爱德蒙给彼得包扎伤口。

"你有把握吗,彼得?"爱德蒙问道。

"这家伙不好对付。爱德蒙,如果他把我打倒,请告诉纳尼亚的每个人，我爱他们！”彼得擦了擦汗说。

令人振奋的是，下半场形势有所好转。彼得一边进攻，一边使自己与对手保持一定的距离。弥若兹不得不跟着满场转悠。

这时，彼得一个踉跄，单腿跪在地上。

弥若兹的剑闪着寒光向彼得刺去。就在剑快要落下来时，发生了戏剧性的一幕，弥若兹绊在一簇丛生的杂草上，

重重地摔了一跤，加上之前的疲惫，再也没能站起来。

彼得还没缓过神儿来，敌军已经向他们扑来。

霎时间，刀光剑影，杀声震天。

疯狂的小老鼠挥动着手中的短剑，在两军间上蹿下跳，奋力拼杀。很多弥若兹士兵感到脚上钻心的痛，跌倒在地。

突然，面前的敌军惊恐万分。

"树林，看那树林，世界末日到啦！"敌军尖叫着。

原来，被阿斯兰唤醒的树神，以排山倒海之势向敌军猛扑过去。

几分钟后，弥若兹的士兵已经所剩无几。他们看见阿斯兰，极度的恐惧和绝望立刻充斥了内心，纷纷缴械投降了。

纳尼亚的居民们把阿斯兰团团围住，欢呼着，或冲他摇头摆尾，或用鼻子轻轻拱他，或在他身下钻来钻去。

森林仙子依旧跳着欢快、愉悦的舞蹈。

"欢迎你，凯斯宾！你有信心治理好纳尼亚王国吗？"阿斯兰问。

"我——没有十分的把握。我还太年轻，没有经验。"凯斯宾诚恳地回答道。

"假如你自以为很有把握，那只能说明你还不成熟。现在，你将成为纳尼亚的国王。只要你的臣民仍在这片土地上繁衍生息，你和你的继承人就要对他们负责。"阿斯兰嘱咐道。

"好的，我会尽我所能……"凯斯宾王子还没说完，人群中就走来一支小小的队伍。

四只老鼠抬着一个用树枝编的担架走过来，担架上的老鼠王已经奄奄一息。露茜马上取出神水，滴在老鼠王身上。不一会儿，老鼠王醒了，风度翩翩地向阿斯兰鞠了一躬。

"伟大的阿斯兰，我的尾巴没有了。你知道，尾巴是我们老鼠的荣誉和骄傲。可不可以让它再长出来啊？"老鼠王问道。

"没问题，你将重新长出尾巴。"阿斯兰话音未落，老鼠王就长出了一条新尾巴。

獾、杜鲁普金、巨人和人头马被封为护国将军，克奈尔斯博士被任命为大法官，棕熊则被委任为最高裁判官。

纳尼亚人民重新过上了幸福生活。

彼得、爱德蒙、苏珊和露茜，也该回到属于他们的现实世界了。

孩子们依依不舍地跟阿斯兰和纳尼亚的小伙伴们道别。

"再见了，我们在纳尼亚度过了一段非常美好的时光。"彼得说。

孩子们来到阿斯兰为他们设立的拱门前，瞬间就消失了。

顷刻间，四个孩子出现在了灰蒙蒙的火车站。面对周围熟悉的一切，他们已经准备好踏上火车，开始校园生活了。